天文和地理

藏在诗词中的科学

谢毓洁 ◎ 著

台海出版社

图书在版编目（CIP）数据

藏在诗词中的科学 . 1，天文和地理 / 谢毓洁著 .
-- 北京：台海出版社，2022.12
　ISBN 978-7-5168-3427-5

　Ⅰ . ①藏… Ⅱ . ①谢… Ⅲ . ①古典诗歌—诗歌欣赏—
中国—少儿读物 Ⅳ . ① I207.2-49

　中国版本图书馆 CIP 数据核字（2022）第 203389 号

藏在诗词中的科学 . 1，天文和地理

著　　者：谢毓洁

出版人：蔡　旭　　　　　　　　　　　封面设计：天下书装
责任编辑：员晓博

出版发行：台海出版社
地　　址：北京市东城区景山东街 20 号　　邮政编码：100009
电　　话：010-64041652（发行，邮购）
传　　真：010-84045799（总编室）
网　　址：www.taimeng.org.cn/thcbs/default.htm
E - mail：thcbs@126.com

经　　销：全国各地新华书店
印　　刷：三河市同力彩印有限公司印刷
本书如有破损、缺页、装订错误，请与本社联系调换

开　　本：710 毫米 × 1000 毫米　　1/16
字　　数：300 千字　　　　　　　　　印　张：24
版　　次：2022 年 12 月第 1 版　　　　印　次：2023 年 3 月第 1 次印刷
书　　号：ISBN 978-7-5168-3427-5

定　　价：105.00（全 3 册）

唐诗宋词，是中华文化的精髓部分，它们宛如一颗颗明珠一般，在历史长河中闪闪发光，等待人们的发掘和开采。品读唐诗宋词，除了能感受到古人独具风格的诗词美学外，还能透过诗中的意象，来感知世间万物的道理。

在我国浩瀚如烟的诗词遗存中，不乏名家的经典之作，这些诗词除了具备文学艺术方面的超高成就外，还多多少少地向人们昭示了与科学有关的真知。这些科学知识，有的涉及天文地理，有的涉及历史自然，有的则涉及物理化学……

很难想象那短小精悍的诗词中，竟然能蕴含如此丰富的科学知识。

当我们读到苏轼笔下的《念奴娇·赤壁怀古》时，除了感知诗人的豪情壮志外，我们还应该透过诗歌，去品读其背后所隐含的历史知识，那段硝烟四起的三国历史，以及那座被大火烧得通红的赤壁，承载了多少英雄豪杰的雄心壮志，又见证了几多风云巨变的无奈呢！

当我们读到李白笔下的《渡荆门送别》时，除了跟随诗人游览荆门的壮丽景象，感受诗人出蜀游历的豪情外，还应该透过诗歌，去发掘自然所赋予人类的奇妙景象，荆门四周那"山随平野尽，江入大荒流"的盛景，以及江中那轮摇曳生姿的圆月、空中那令人惊叹的海市蜃楼之景，都应该成为我们关注的焦点，通过它们，我们能更好地领略大自然所具有的独具特色的美感！

当我们读到陶渊明笔下的《归园田居（其三）》时，除了体会诗人隐居田园、开荒耕种的悠然自得外，还应该透过诗歌，去感受诗人向我们揭示的液化物理现象——"夕

露沾我衣"，草木上的露水浸湿了诗人的衣服，这种经历，我们肯定都在生活中有所体验！

当我们读到王安石笔下的《元日》时，除了感受热闹喜庆的春节氛围外，还要跟随诗人的文字，透过诗词表达的意象，去细心聆听那一阵接一阵的爆竹声响，然后由此去思考爆竹为什么会发出巨响？看看它背后所隐藏的化学知识是什么！

……

诸如此类，只要我们足够细心，就会发现诗词中竟然蕴含着如此之多的科学知识，也才会突然领悟：原来古人在很早以前，就已经察觉了这些科学知识，并且将它们写进诗词里，在用诗词表达情感和志向的同时，也向人们揭示了最普遍而又常为人们所忽视的科学知识。

正因如此，我们特意编写了这套《藏在诗词中的科学》系列图书，本套图书共由三本书组成，分别是《藏在诗词中的科学—天文和地理》《藏在诗词中的科学—历史和自然》《藏在诗词中的科学—物理和化学》。在每本图书中，我们精选蕴含科学知识的经典诗词，在科学解读诗词的基础上，通过贴近生活的科学现象，来向读者揭示其中隐含的科学知识，帮助广大读者更好地理解诗词，同时收获诗词中隐含的科学知识，开阔眼界、增长见识，以诗词晓科学，成为名副其实的诗词小达人！

希望每一位阅读到本套图书的读者，都能重新认识诗词，更好地感知诗词中隐含的独特魅力，读有所用，学有所成！

目录

CONTENTS

目录

CONTENTS

CANGZAI SHICI ZHONG DE KEXUE

藏在诗词中的科学

天文和地理

天文篇

TIANWEN·PIAN

迢迢牵牛星

汉·佚名

迢迢①牵牛星，皎皎②河汉③女。

纤纤④擢⑤素手⑥，札札⑦弄⑧机杼⑨。

终日⑩不成章⑪，泣涕零⑫如⑬雨。

河汉清且浅，相去⑭复⑮几许。

盈盈⑯一水间⑰，脉脉不得语。

注释

①迢迢：遥远的样子。②皎皎：形容明亮皎洁。③河汉：代指银河。④纤纤：形容纤美细长。⑤擢：伸出。⑥素手：洁白的手。⑦札札：象声词，形容织布机发出的声音。⑧弄：摆弄。⑨杼：梭子。⑩终日：整天。⑪章：指布帛上的经纬纹理，这里指成匹的布帛。⑫零：落下。⑬如：好像。⑭相去：距离，间隔。⑮复：又。⑯盈盈：形容河水明澈清透的样子。⑰间：间隔。

翻译

牵牛星和织女星啊，遥遥可见，明亮而皎洁。

织女伸出纤细柔白的手掌，摆弄着织布的梭子，织机不停地札札作响。

织了一整天也没织出一匹像样的布，泪水像雨水一样落下。

银河的水清清的、浅浅的，相距又能有多远呢？

只是被一条清澈的河水间隔，却也只能脉脉含情地彼此注视、无法言语。

读诗词，学天文

牛郎和织女的故事，许多小朋友都听过。可小朋友们肯定不知道，早在两千多年前，这个故事就连续十年蝉联"大汉最凄美爱情故事排行榜"的榜首。还有一位不知名的大才子专门为他们写过诗。这首诗是一首乐府诗，名叫《迢迢牵牛星》。全诗语言清婉、情感丰沛、想象丰富，通过写织女思念牛郎的情景表现了无数痴情女子对爱人的思念，构思非常巧妙。

而且，悄悄告诉你们一个秘密哦，牛郎和织女不仅仅是神话爱情故事中的男女主角，还是现实生活中人见人爱的网红"巨星"。一颗在银河的西北，一颗在银河的东南，遥遥相望，璀璨又明亮。

　　银河系是一个非常庞大的棒旋星系，由无数的星团、星云、恒星、行星构成。地球只是银河千亿星辰中并不起眼的一颗。

　　牵牛星，学名"天鹰座 α 星"，是天鹰星座的主星，青白色；织女星，学名"天琴座 α 星"，是天琴星座的主星，微黄色。夏天，我们仰望星空的时候，经常能看到它们。这两颗星星看上去离得不远，其实离得非常远，它们的距离足足有 16 光年！

　　光年，是天文学中常用的长度单位。一光年就是真空环境下光沿着直线

传播一年的距离,换算成米的话,约等于 9.5×10^{15} 米,也就是约9500万亿米!是不是很震撼? 要知道,地球和月球之间的距离也不过 38440 万米,中间差着个"亿"呢! 16 光年,远得简直超出想象。牛郎想见织女,最起码也得走一亿年呢! 一亿年才能见一次,也难怪织女会"泣涕零如雨"了!

科学图解·牵牛星、织女星与银河系

从地球上看,银河系是一条朦朦胧胧的白色光带,实际上,它是一个超级巨大的椭圆形银盘。圆盘上有四条非常对称的竖形"花纹",叫作旋臂。每条悬臂上都有几百亿颗星星。地球就在四条旋臂之一的猎户座旋臂上。

科学家们推测,银河从内到外主要由五个部分构成,分别是:银心、银核、银盘、银晕和银冕。

夏天,从北半球遥望星空,可以看到两颗特别明亮的星星:牵牛星和织

女星。一颗在东，一颗在西，隔着银河遥遥相望，非常漂亮，非常神秘。于是，古人脑洞大开，想象出了许多关于星星的故事，其中，最有趣、最凄美的就是牛郎和织女的爱情故事。

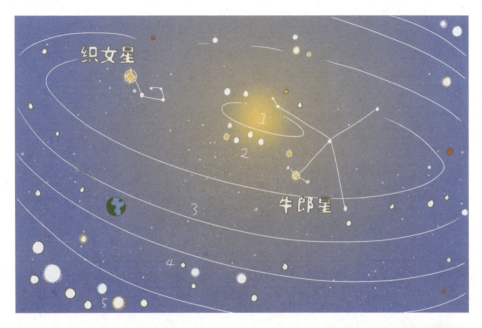

诗经·豳①风·七月

诗经

七月流②火③，九月授衣。

一之日觱发④，二之日栗烈⑤。

无衣无褐⑥，何以卒岁。

三之日于耜，四之日举趾。

同我妇子，馌彼南亩，田畯至喜。

注释

①豳：古邑名，在今陕西旬邑、彬县一带。②流：流动。③火：或称大火，星名，即心宿。④觱（bì）发：大风触物声。⑤栗烈：形容天气寒冷。⑥褐：粗布衣。

翻译

七月的大火从天空落向西方，到了九月，妇女们就开始缝制寒衣了。十一月开始，凄冷的北风呼呼吹过，到了十二月时，天气越发凄冷了。要是没有足以御寒的棉衣，又该如何度过这凄冷的年底呢？从正月开始，人们就开始修补锄犁了，等到二月来临，人们就要开始播种了。农忙时节，妻子和孩子一同来到田地边，饭菜被送到有阳光照耀的地方，到时候就由田官来向众人分发食物了。

读诗词，学天文

想知道西周时期的老百姓，是如何度过寒冬的吗？

关于这个问题，《诗经·豳风·七月》给出了一个完美的答案：夏历七月，随着天上的大火星的西沉，人们开始为过冬做准备了。在这里，《诗经》以人们缝制棉衣来凸显过冬的准备，同时还通过呼呼刮过的"北风"来从侧面凸显深冬的寒冷，反过来和人们缝制棉衣相呼应。

在《诗经·豳风·七月》中，有一句话是最为人们熟知的，它就是在开头反复出现的"七月流火"，甚至这四个字还被人们当作成语来使用。那你们知道"七月流火"的真实含义吗？

说到这里，可能有不少人会说：七月流火，不就是形容七月的天气很热，

气温就像是熊熊燃烧的大火一样嘛！

如果是这样的理解，那就大错特错了。

事实上，《诗经·豳风·七月》开头出现的"七月流火"四个字，并不是用来形容天气炎热的。要知道，"七月流火"中的七月，指的是夏历七月，而其中的"火"指的是天上的大火星，总的来说，"七月流火"说的是在夏历七月的时候，天上的大火星向西落下。

需要注意的是，这里的大火星，指的并不是今天的火星，而是我国古代二十八星宿中的心宿二，它是东方苍龙七宿中的心宿，说白了就是东方苍龙的心脏。由于心宿二非常明亮，因此自古以来就被看作是帝王之星。

科学图解·心宿二和火星

　　从天文学角度来看，心宿二坐落在天蝎座的心脏部位，是天蝎座 α 星，又可以被叫作 Antares。从亮度来看，心宿二的亮度位居全天亮度排名的第

十五位，通过肉眼来观测它，会发现它浑身散发着红光，乍一看就如同一颗火星一般，这也是人们将它叫作"大火星"的原因所在。

虽然心宿二和火星一样，都能散发出红色光芒，但细究起来的话，它们二者的发光原理是截然不同的。心宿二是一颗正处于恒星演化晚期的恒星，它的红光是由于它自身正处在大幅膨胀之中，因此会在表面发出红色光芒；对火星来说，火星之所以会发出红色光芒，是因为它表面布满了各种饱含铁的红色岩石，因此才会发出耀眼的红光。

由于心宿二的亮度很高，并且它表面的光芒呈红光，因此很容易被人类的肉眼察觉，这也就很好地解释了我国古人为何会在《诗经》中反复提到"七月流火"这一现象。除了能够被肉眼察觉外，心宿二还是古人心中十分重要的一个天体，这是因为经过古人长时间的观察总结，发现：每当心宿二从东方升起时，象征新生的春天就来了；每当心宿二位于正南方时，炎热的夏季就来了；当心宿二开始向西沉时，凄冷的秋天来了；最后，当心宿二落到北方后，寒冷的冬天就来了。

如此看来，心宿二和一年四季息息相关，这就是古人根据它来判断农时的原因所在了。

暮江吟

唐·白居易

一道残阳①铺水②中，

半江瑟瑟③半江红。

可怜④九月初三夜，

露似真珠⑤月似弓。

注释

①残阳：即将落山的太阳。②铺：铺展，平铺。③瑟瑟：指碧绿色。
④可怜：可爱。⑤真珠：同"珍珠"。

翻译

夕阳的余晖铺展在江面上；
江水一半碧绿一半艳红。
九月初三的夜晚多可爱呀；
露水好像珍珠，弯月犹如弓箭。

读诗词，学天文

　　初秋的江边，风光多秀丽呀！你瞧，那缓缓垂落的夕阳、悠悠升起的新月、晶莹剔透的露珠、一半碧绿一半橙红的江水，一切都显得那样的宁静、唯美。唐朝大诗人白居易也被这宁静的气氛感染了，痴痴地望着天上似弓的月儿，直呼可爱，却不知道，这月儿其实还有一个更可爱的名字——蛾眉月。

　　蛾眉，是个很美的词汇，只有细长的、弯弯的、非常美丽的眉毛才能被称为蛾眉。蛾眉月，顾名思义，就是像蛾眉一样的月亮。

　　当火星与月球出现在同一赤经轨道上时，会出现"火星合月"的美丽景象。火红的火星与金色的明月交相辉映，特别漂亮。

　　蛾眉月是月亮八种月相中的一种，常常出现在每个月阴历初三到初六的傍晚，西方或者西南方的天空。形状弯弯的，颜色浅浅的，朦朦胧胧，非常精致。不仅白居易喜欢它，还有好多诗人也喜欢它，比如唐朝诗人戴叔伦就称赞它"凉月如眉挂柳湾，越中山色镜中看"。

　　蛾眉月的出现，与地球、月球和太阳的相对位置有很大的关系。

　　我们都知道，月亮其实是不会发光的，它所有的光都源于太阳。阴历每月月初，月球会移动到太阳的东方，两者之间形成一个约45度的夹角。这时，

站在地球上看月亮，就只能看到一个弯弯的侧影，也就是白居易所看到的"露似真珠月似弓"。

科学图解·月相与纪年

月球是实心的、不发光的固体，只能反射太阳光，地球、月球、太阳的相对位置又会随着它们的自转和公转发生周期性的变化，所以不同时间、不同位置，我们看到的月亮的形状也是不一样的，有时候弯弯的，有时候圆圆的，有时候是半圆，这种变化就叫作月相。

月相共有八种，从月初到月末，依次为新月、蛾眉月、上弦月、上凸月、满月、下凸月、下弦月和残月。

月相的变化是周期性的，大概每29—30天变化一次，很久之前，古人就发现了这个规律，还利用这个规律制定了通用的历法：阴历。

阴历规定：月相变化一次的周期为一个月，一个月有30天左右；每三个月为一季；每十二个月为一年。每四年左右增加一个闰月。为方便农事，古人还把各月细分，分出了二十四节气。

催试官考较戏作

宋·苏轼

八月十五夜，月色随处好。

不择①茅檐与市楼②，况我官居似蓬岛。

凤咮堂前野桔香，剑潭桥畔秋荷老③。

八月十八潮，壮观天下无。

鲲鹏水击三千里，组练④长驱十万夫。

红旗青盖互明灭⑤，黑沙白浪相吞屠。

人生会合古难必⑥，此景此行那两得。

愿君闻此添蜡烛，门外白袍⑦如立鹄⑧。

注释

①择：选择，挑选。②市楼：又叫旗亭，是古时候建在集市中供管理等候、瞭望的小楼，楼上竖立旗帜。此处泛指酒楼、高楼。③老：衰败，凋残。④练：白练，此处指潮水。⑤明灭：忽明忽暗，忽隐忽现。⑥难必：难以肯定。⑦白袍：指还没有获得功名的士子。⑧鹄：天鹅。

翻译

八月十五的夜晚，无论哪里，月色都极好。

不管是站在茅舍的檐角下，还是高高的酒楼上都行，更何况我的官舍就像蓬莱仙岛。

凤咮堂前，野桔飘香；剑潭桥边，秋荷衰败。

农历八月十八，钱塘大潮非常壮观，天下独一无二。

仿佛鲲鹏击起了三千里的巨浪，又仿佛一排排的匹练长驱直入驱赶着十万民夫。

（岸上观潮的地方）红色的旗帜与青色的伞盖明明暗暗、相互映衬；岸边黑色的河沙与白色的巨浪彼此吞吐。

古往今来，再没有什么大事能将如此多的人汇聚到一起；观潮与考试无法兼顾。

希望您听闻这些后多点几根蜡烛，连夜批阅试卷；士子们像天鹅一样伸着脖子，在门外翘首以盼。

读诗词，学天文

世界那么大，风光那么美，我们总得去看看。早在一千多年前，北宋就出了一位大旅行家，名字叫苏轼。苏轼去过许多地方，看过许多风景，但最让他向往的还是钱塘江潮。为了看潮，作为监考官的他还专门以考生的口吻写了首诗催促同事判卷。全诗想象奇丽、气势磅礴、立意新颖、语调诙谐，一句"壮观天下无"写尽了钱塘江潮的壮美大气。

那么，什么是钱塘江潮呢？它真的这么壮观，这么令人难忘吗？

每年农历八月十五到八月十八，浙江省杭州市钱塘县钱塘江入海口处都会发生大规模的涌潮现象。这波涌潮，就叫钱塘江潮。

钱塘江潮是与吉林雾凇、泰山日出、黄山云雾并称的中国四大自然地理奇观之一，自古就有"天下第一潮"的美誉。

先秦时代，中国的古书中就有关于钱塘江潮的记载；到了汉魏时期，观潮已经成了一种时尚。钱塘江潮浩浩荡荡，最高的潮头高达 10 米，潮来时，浊浪排空、惊涛拍岸、震人心魄。

钱塘江潮是中国最大、最壮美的潮汐景观。它的形成有三方面的原因：第一，八月十八前后，太阳、月球、地球处在同一直线上，引潮力最大；第二，钱塘江口形状像个喇叭，前窄后宽，大潮易进难退，只能层层堆起高。第三，浙江沿岸地区常年盛行东南季风，季风风向与大潮涌动的方向基本一致，风助水势。

科学图解·潮汐

先秦时，古人就发现，海水每天都会有规律地涨落两次，白天一次，晚上一次。白天的叫"潮"，晚上的叫"汐"，合称潮汐。

潮汐是一种自然现象，它的形成与月球息息相关。我们都知道，月球与地球之间是存在引力的，这种引力叫作引潮力。

在引潮力的作用下，地表形成了三种潮：固体潮、大气潮和潮汐。固体潮、大气潮都很低调，只有潮汐最爱表现与炫耀。一般来说，月球与地球距离越近，引潮力就越大，潮汐就越大。潮汐能是一种清洁的新型能源，可以用于发电。广州顺德、山东乳山等地都有大型的潮汐发电站。

终南①望余雪

唐·祖咏

终南阴岭②秀③，积雪浮④云端。

林表⑤明霁⑥色，城中增⑦暮⑧寒⑨。

注释

①终南：山名，位于今陕西省西安市。②阴岭：山岭的北面。③秀：秀美，秀丽。④浮：浮动，漂浮。⑤林表：林梢。⑥霁：指雪后初晴或雨后初晴。⑦增：增添，增加。⑧暮：日暮，傍晚。⑨寒：寒意。

翻译

终南山北面景色秀丽；皑皑的积雪仿佛浮动在云间。

雪后初晴，夕阳的余晖在林梢耀动；日暮时分，城中又增了几分寒意。

读诗词，学天文

　　祖咏是唐代诗人，这首充满诗情画意的小诗是他在长安考试时写的应试诗。诗前三句，以"秀"起笔，描绘了一幅色彩明媚的"雪后初晴图"；最后一句，以"寒"字收束，形象地写出了雪后薄暮时人的切身感受。全诗有声有感，层次丰富，构思巧妙，清新别致。只不过，小朋友们，你们注意到了吗？祖咏写终南山，写的不是南岭北岭、东岭西岭，而是"阴岭"。"阴岭"是什么岭呢？

　　阴，顾名思义，指的是阴面，也就是不向阳的一面。小朋友们都见过向日葵吧？向日葵的花盘永远都面朝太阳，那花盘这一面就是阳面，花盘背后就是阴面。同理，终南山向阳一侧的山岭就叫阳岭，不向阳一侧的山岭就叫阴岭。

　　中国领土面积广大，南北跨越了大约50度，绝大部分地区都位于北回归线以北，少部分位于北回归线以南。

不同维度和不同地理位置的山岭，向阳面是不同的。我们都知道，太阳的直射范围并不大，直射点一直都在南北回归线之间徘徊。

北回归线之北的山岭，比如终南山，只能接受到从南面斜射而来的太阳光，所以它的向阳面是南，背阴面是北，阴岭是北岭；相应的，南回归线以南的山岭，终年只能接受从北面斜射而来的阳光，所以向阳面是北，背阴面是南，阴岭是南岭。南北回归线之间的山岭，向阳面随直射点的变化而变化，阴岭也会随之变化，并不固定。

科学图解·太阳的直射与斜射

地球在围绕太阳公转的同时也在不停地自转，太阳与地球的相对位置会呈现周期性的变化，所以，太阳直射点也不是固定不变的，而是来回变化的。

北回归线是太阳直射点移动的最北界限，南回归线是太阳直射点移动的最南界限。南北回归线之外的地区，只能被太阳斜射。

通常，太阳直射地区，热量相对集中；斜射地区，热量则相对分散。

太阳直射点的变化，会引起热量分布的变化和昼夜长短的变化。中国古代很早就有阴岭、阳岭、背阴、向阳的概念，古人还很巧妙地利用了这种变化，比如，建造的房子大多坐北朝南。这样就能很好地接受从南面斜射来的太阳光，让室内变得又明亮又温暖。

月 夜

唐·刘方平

更①深月色半②人家，

北斗③阑干④南斗⑤斜。

今夜偏知⑥春气暖，

虫声新⑦透绿窗纱。

注释

①更：古时的计时单位，夜间使用，一夜分为五更，一更大约2小时。
②半：半边，一半。③北斗：指北斗七星。④阑干：纵横交错。⑤南斗：
指南斗六星。⑥偏知：才知，表示预料之外。⑦新：初次，第一次。

翻译

夜静更深，残月西斜，月光只能照亮一半的人家；

北斗七星纵横，南斗六星斜挂。

今夜才知道春日的暖煦温和；

春虫也开始啼鸣，啼声穿透了绿色的窗纱。

读诗词，学天文

如果唐代也有诗词协会的话，刘方平大概也就是个预备会员，他的诗大多平平无奇，唯有这首《月夜》格外的出彩。诗的前两句从视觉着笔，借"更深夜半""北斗阑干"生动地描绘出了初春月夜的静谧悠远；后两句从听觉入手，通过"虫鸣"来衬托春夜的"暖"，构思新颖别致，尤其是"新透"二字，用得极妙，不经意间就流露出了浓浓的春意与春趣。

而且，细心的小朋友可能已经发现了，在诗中，刘方平提到了两个新名词：北斗和南斗。北斗是什么？南斗是什么？是漏斗吗？当然不是！北斗和南斗都是星星。南斗指的是南斗六星，北斗指的是北斗七星。接下来，咱们要隆重介绍的就是北斗七星。

在古代，尤其是先秦时代，有些人认为北斗七星是主杀的星宿，把七星称为"七杀"，还分别给七颗星星起了别名：贪狼、巨门、禄存、文曲、廉贞、武曲、破军。

北斗七星，是亘古就存在的七颗明亮的星星，从古至今，它们一直高挂在北方的天空上。七颗星星连接在一起，看上去就像是古人舀酒用的长柄勺子。这种勺子，俗名叫"斗"，七颗星星又在北方，所以被称为"北斗"。

北斗七星是星象地理学中最关键、最基础的组成部分。古人制定历法、划分年月日、区分四季都是以北斗七星的运行规律为参照的。另外，悄悄告诉你，北斗七星还是个永远都不会丢失的指南针，在野外迷路时，可以根据

北斗七星找到与它相对的北极星，北极星永远都朝向北。这样，我们就能清楚地分辨出方向了。

科学图解·北斗七星和四季

　　北方的星空常年都会有七颗璀璨的星星闪烁，中国人叫它"北斗七星"，认为它是"二十八星宿"中的"南方七宿"，分别名为：天枢、天璇、天机、天权、玉衡、开阳、摇光。其中。玉衡、开阳、摇光组成北斗的斗柄，也就是勺子柄；天枢、天璇、天机、天权组成北斗的斗魁，也就是勺子头。

　　而在西方，北斗七星被归入八十八星座中的大熊星座，是"大熊"尾部和背部的主要星星。

　　根据北斗七星的方位，可以区分四季。早在战国时期，楚国一位博学的隐士就在著作《鹖冠子》中明确提出了"斗柄东指，天下皆春；斗柄南指，天下皆夏；斗柄西指，天下皆秋；斗柄北指，天下皆冬"的观点。

　　但事实上，北斗七星的运行轨迹虽然也在变化，但很缓慢，我们看到的斗柄指向的变化，不过是地球自转给我们造成的错觉。而且，七星中的摇光星和天枢星运行的方向与其他五颗星星是相反的。如此，大约再过十万年，七星的形状就会发生变化，不再是勺子形。

地理篇

DILI PIAN

敕勒歌

北朝·民歌

敕勒川①，阴山下。

天似穹庐②，笼盖③四野，

天苍苍④，野茫茫⑤，

风吹草低见⑥牛羊。

注释

①敕勒川：指敕勒平原，古时候西北的少数民族敕勒族就居住在这里。②穹庐：用毡布搭成的帐篷。③笼盖：笼罩覆盖。④苍苍：深青色。⑤茫茫：形容辽阔无边的样子。⑥见：通"现"，出现。

翻译

阴山脚下有辽阔的敕勒平原。

天仿佛是毡布搭成的大帐篷，笼罩着广阔的草原。

天是深青色的，碧绿的草原无边无际。

一阵风吹过，青草低伏，露出草丛中原本隐没的牛羊。

读诗词，学地理

《敕勒川》既是北朝流传很广的一首民歌，也是一首清新的咏景小诗。作者是谁，我们不知道，但想来，一定是个极有才华的人。不信，你瞧，他笔下的敕勒川多美呀：青青的天，白白的云，绿绿的草，无边无际的原野，正在和风儿捉迷藏的牛和羊。太美了，有没有？所以，小朋友们，还等什么呢，赶紧和我一起去迷人的敕勒川走一走，转一转吧。

敕勒川，原本是一片非常广阔的平原，没有名字。南北朝的时候，勇敢、善良的敕勒人在平原上住了下来，于是，平原就有了一个好听的新名字——敕勒川。

世界上面积最大的草原是欧亚草原；海拔最高的草原是位于中国西藏的羌塘草原；野生动物最多的草原是非洲的塞伦盖蒂大草原。

敕勒川位于阴山山脉中段，也就是现在的呼和浩特草原附近。

小朋友们都知道，草原是地球上分布最广、种类最丰富的一种植被类型。草原家族非常庞大，除了像敕勒川这样美丽迷人的温带草原外，还有热情的热带草原，酷酷的高山草原，"变秃了却没变强"的荒漠草原，最喜欢追星、总在河流谷地旁边出现的泛滥草原和傲娇的草甸草原。不同类型的草原，性格不同，风景也不同。

世界上很多国家都有草原，我们中国是世界上草原数量最多的国家，有五大草原区，数十片草原。其中，呼伦贝尔草原的花最香、水最甜、天最蓝；鄂尔多斯草原像一条绿色的银河，到处都是星星一样的湖泊；若尔盖草原的

风中都飘散着马奶香；科尔沁草原的丹枫一直痴痴地爱着水边的白鹅。不过最迷人的还是敕勒川，七月的敕勒川，碧色茵茵，最矮的牧草也比牛羊高，所以，诗人说"风吹草低见牛羊"，一点都不夸张。

科学图解·草原的形成

草原，是干旱或者半干旱地区非常常见的一种植被类型。

在新生代，也就是 6500 万年前，地球上是没有草原的。可是，随着新生代的到来，地球的气候发生了翻天覆地的变化，越来越冷，越来越干旱。受气候影响，大片大片"娇贵"的森林被"不怕渴、不怕冻"的草类植物替代，于是形成了草原。

草是生命力超级强的一种植物，就算是被火烧光了，被牛羊啃秃了，只要根还在，六个月后，就又是一棵好草，妥妥的长生不老。而且，只要有草籽飘落的地方，草就会生长，所以，几千万年过去了，草原几乎占领了地球，世界上有近一半的陆地被草原覆盖。别的不说，单单中国，草原就有四亿多公顷。

泊船瓜洲

宋·王安石

京口①瓜洲②一水③间④，

钟山⑤只隔数重山。

春风又绿⑥江南岸，

明月何时⑦照我还⑧。

注释

①京口：地名，位于长江南岸，在今江苏省镇江市一带。②瓜洲：地名，扬州境内的一座古镇，位于长江北岸，与京口相对。③一水：指长江。④间：间隔，隔着。⑤钟山：南京紫金山的别称，王安石第一次罢相后就寓居在钟山脚下。⑥绿：使……变绿。⑦何时：什么时候。⑧还：回归，回去。

翻译

京口与瓜洲之间只隔着一条长江；
钟山隐没在几座山峦之后。

春风又吹绿了长江的南岸；

什么时候我才能在明月的照耀下返回自己的故乡。

读诗词，学地理

北宋有一个叫王安石的大官，不仅会写诗作词，还特别有才干，深得皇帝器重，这首《泊船瓜洲》就是他第一次被任命为丞相时写下的。全诗笔力雄浑、意境开阔、寓情于景，通过描写瓜州渡口远眺的所见所闻，抒发了诗人的思乡之情。诗中"绿"字用得极妙，既写活了春风，也写活了春日，还

为瓜州平添了几分盎然的色彩。

小朋友们，你们了解瓜州吗？告诉你们哦，瓜州身上隐藏着很多故事哦。

数千年前，瓜州还不是瓜州，只是一片水下的暗沙。因为泥沙的堆积作用，汉朝时，暗沙发生"超进化"，形成了一片形状和瓜很像的浅滩，瓜州的名字也由此而来。

世界上最大的辐射沙洲位于南黄海。世界上面积较大的河口沙洲有中国的长江三角洲、珠江三角洲，印度的恒河三角洲，美国的密西西比河三角洲，埃及的尼罗河三角洲，等等。

随着时间的推移和堆积作用的加深，三国时代，瓜州发生第二次"超进化"，从浅滩变成了一座水中沙洲，或者说是沙岛；唐宋时，沙岛长出了一条和陆地相连的"尾巴"，瓜洲古渡应运而生。

瓜州是典型的沙洲。

沙洲是一种堆积地貌，是河湖、海洋中因为堆积作用形成的小块的沙质陆地。河口、海口位置最易形成沙洲。只要堆积作用不停，沙洲就会一直长大。

科学图解·堆积作用与堆积地貌

堆积作用在自然界中非常常见。

它指岩石碎屑、泥沙等物质在被搬运的过程中，因为外部搬运力减弱或者消失而积聚在一起的现象。

一般说来，流水、风、冰川、海流、波浪等都是堆积作用的搬运介质。

受堆积作用影响形成的地貌，叫作堆积地貌。

根据环境、作用主体的不同，堆积地貌可以分为冲击地貌、洪积地貌、海积地貌、风积地貌、重力堆积地貌、火山和熔岩堆积地貌等。不同的地貌，有不同的特点。

金陵酒肆留别

唐·李白

风吹柳花①满店香，

吴姬②压酒③劝④客⑤尝。

金陵⑥子弟⑦来相送，

欲行不行各尽觞⑧。

请君试问东流水，

别意⑨与之谁短长？

注释

①柳花：指春日的柳絮。②吴姬：吴地的年轻女子，此处代指酒肆的侍女。③压酒：压糟取酒。④劝：劝说。⑤客：酒客，此处指诗人自己。⑥金陵：南京的古称。⑦子弟：代指李白的友人。⑧尽觞：喝尽杯中酒。⑨别意：离别之意。

翻译

春风吹起柳絮，酒肆中萦满花香；

侍女压糟取出新酒，劝我细细品尝。

金陵的友人都来为我送行；

即将远行的人和来送别的人都喝尽了杯中的美酒。

请问一问那滚滚东流的江水，

是它更长一些，还是离情所化的河流更长一些？

读诗词，学地理

　　离别总是伤感的，但在唐代大诗人李白笔下，离别变得既欢脱又热闹：漫天飘飞的柳絮、浓浓的酒香、劝酒的侍女、高歌畅饮的人，多美妙呀！要离别了，李白真的不难过吗？不，他很难过，但他生性乐观、豁达，不喜欢哭鼻子，所有的难过都被他藏在了心里，不仅没表现出来，还用"请君试问东流水，别意与之谁短长"的探问把无形无质的"别意"写得格外鲜活生动。

　　怎么样，李白很厉害吧？这种写法超棒吧？而且，小朋友们，你们注意到了吗？李白写的是"东流水"，而不是"西流水""北流水""南流水"，为什么呢？因为李白是个尊重现实的诗人，不胡说，不瞎编。咱们中国的水，绝大多数，确实都是从西流向东的。

　　中国地势最高的地方是青藏高原上的珠穆朗玛峰，海拔约8848米；中国地势最低洼的地方在新疆吐鲁番盆地的艾丁湖，海拔约 −156米。

　　影响水的流向、流速、流域面积的主要因素是地形地势，其中，地势的影响尤其关键。

　　地势，顾名思义，指的就是地面高低起伏的形势。通俗点说，就是地面的高矮。

　　水其实没什么方向感，也分不清东西南北，而且，它非常懒还怕吃苦，不愿意爬高，只想着往低处走。哪里地势低，哪里就有它的身影。

　　很久以前，中国的地势非常复杂，这里高，那里低，没什么规律，水的流向也不固定，有时向东，有时向西，有时向南，有时向北，乱糟糟的。地

球妈妈很不满意。于是，数百万年前，她通过"地壳运动"的方式对中国的地势做了重构，从西到东，有的地方增高，有的地方压低，最后形成了"西高东低"的整体格局，大多数的水也就都变成了"东流水"。

科学图解·中国的地势

中国的地形地势异常复杂，局部起伏不平、高低错落，整体上则呈现出西高东低向海洋倾斜的阶梯式分布格局。

西部多高原、山地，平均海拔高度超过 4000 米；中部多丘陵，平均海拔在 1000~2000 米之间；东部多盆地、平原，地势低洼，平均海拔不超过500 米。

地势高低、水流流向的不同，直接或间接地影响着中国的交通、气候、农业、经济等方方面面。

东部沿海地势低洼的地方，气候湿润、水汽重、土壤肥沃，很适合进行农耕，基本统一的河流流向为全国范围的水路大航运提供了可能。落差造成的丰沛的水能资源，河流湖泊中本富含的各种矿产、油气、生物资源也为中国经济的发展创造了极有利的条件。

浣溪沙·游蕲水清泉寺

宋·苏轼

山下兰芽短①浸②溪，

　松间沙路净无泥，

　潇潇暮雨③子规④啼。

　谁道⑤人生无再⑥少？

　门前流水尚⑦能西⑧！

　休⑨将白发⑩唱黄鸡⑪。

注释

①短：短小。②浸：浸泡。③暮雨：傍晚时的细雨。④子规：杜鹃鸟的别称。⑤谁道：谁说。⑥再：再次。⑦尚：尚且。⑧西：向西流。⑨休：不要。⑩白发：代指年迈。⑪唱黄鸡：慨叹时光易逝。

翻译

山脚下的兰草刚刚生出短小的嫩芽，嫩芽浸泡在溪水中；
松林间细沙铺成的小路干干净净，看不到一丝污泥。
傍晚时分下起了小雨，雨水细细密密的，杜鹃鸟在雨中不断地啼鸣。

谁说人不能重回少年时代？

门前的流水尚且能缓缓向西。

所以，不要再慨叹人生暮年时光易逝了！

读诗词，学地理

多唯美、多励志的小词啊！大文豪苏轼出品，果然都是精品！

苏轼是北宋著名文学家、诗词界的顶梁柱，为人乐观豁达。这首词就是他被贬黄州后和朋友一起外出游玩时写的。全词语言清新、立意简净。上阕描绘了初春雨后幽美的风光，下阕即景抒情，以"休将白发唱黄鸡"励人自强，构思十分巧妙。而且，细心的小朋友肯定已经发现了，词中的"沙路净无泥"并不是夸张的写法，而是砂岩的一场个人地理科普秀！

砂岩是一种淡褐色或者红色的沉积岩石，由各种各样的砂粒胶结而成，纹理丰富、造型多样、分布广泛。苏轼游玩的蕲水，也就是现在的湖北省浠水县就是砂岩的产地之一，高低起伏的砂岩丘陵随处可见。

　　砂岩种类丰富，是非常受欢迎的景观石和装饰材料。法国巴黎圣母院、卢浮宫，美国国会大厦，英国白金汉宫的装饰主材都是砂岩。

　　砂岩本身其实还是很坚固的，但再坚固也经受不住风霜雨雪、烈日冰雹不间断的"摧残"。长期的风吹日晒、雨淋酸腐之后，砂岩会风化，形成砂土。砂土虽然名字里带着个土字，但本质上是砂，几乎不含土，而且吸潮、透气、不存水，所以，就算是下再大的雨，沙路上也看不到泥。

另外，我们都知道，不同的植物，生长环境是不同的；蜡梅喜寒、荷花喜水、仙人掌耐寒，而马尾松最喜欢的就是砂岩和砂土。浠水的砂土平原和丘陵上，长满了马尾松。兰溪边也不例外。所以，苏轼才会说"松间沙路净无泥"，而不是草间、梅间、菊间。

科学图解·土壤

小朋友们，你们知道吗？从前，地球其实是岩石的家园，只有各色各样、奇奇怪怪的岩石，没有土壤。

岩石长年累月被风吹，被流水冲刷，被雨水侵蚀，被太阳暴晒，被地衣、苔藓等酸性土植物腐蚀，渐渐地碎裂崩解。这个过程，就叫风化。

风化后的岩石，就像整过容一样，会完全变成另一种全新的物质：土壤。岩石的种类不同，风化后形成的土壤自然也不同。

一般来说，土壤可以分为三种：壤土、砂土和黏土。砂岩风化后容易形成砂土；黏土岩风化后容易形成黏土。

　　土壤的成分比较复杂，既包含岩石风化后的矿物质，也包含原本就存在于岩石中的动植物遗骸、腐殖质、有机质等。有机质越多，土壤越肥沃。

汤 泉

宋·王安石

寒泉诗所咏①，独②此沸③如烝④。

一气无⑤冬夏，诸⑥阳⑦有废兴⑧。

人游不附⑨火，虫出亦疑⑩冰。

更忆⑪骊山⑫下，歊然⑬雪满塍⑭。

注释

①咏：吟咏，咏颂。②独：唯独。③沸：沸腾。④烝：同"蒸"，指热气上升。⑤无：没有，不分。⑥诸：诸多，各个。⑦阳：都城，此处代指朝代。⑧废兴：荒废与兴盛。此处指朝代的更迭。⑨附：依附，依靠。⑩疑：怀疑。⑪忆：追忆，回忆。⑫骊山：唐朝时，骊山上有一座华清宫，又名"汤泉宫"，杨贵妃经常在这里沐浴。⑬歊然：形容温热的样子。⑭塍：田埂。

翻译

诗歌中咏颂的都是寒泉；唯独这方泉眼仿佛沸腾了一般，热气升腾；不分冬夏节气，无论朝代更迭。

冬日里，人们到汤泉游玩沐浴，不需要生火取暖；泉畔的虫子都怀疑冰是不是存在。

骊山的汤泉更值得追忆，昔日温热的地方，现在已经变成农田；大雪落满了田埂。

读诗词，学地理

《汤泉》既是一首咏物诗，也是一首言志诗。写这首诗时，王安石的心情是极复杂的。他喜欢温泉，诗的前六句也通过"沸如烝""无冬夏""不附火"形象地展现了汤泉的独特、温热，甚至为了进一步表现汤泉的暖，他还巧用了"夏虫不可语冰"的历史典故。但喜欢不代表推崇，末两句他看似是在感慨"骊山下"汤泉的昔盛今衰，实际上是托物言志，暗讽那些沉迷泡汤泉、享乐的统治者。

汤泉是什么？为什么能让王安石这样的大人物又爱又怨呢？

汤泉，实际上就是日常生活中比较常见的温泉。古代的时候，"汤"这个词并不是用来形容熬煮过的汤水，像绿豆汤、红豆汤、排骨汤、蔬菜汤、

玉米汤，那都不叫汤。"汤"指的就是开水、热水、温水。所以，暖暖的温泉才叫作"汤泉"。

早在先秦时代，《山海经》中就已经有了关于汤泉的记载。秦始皇嬴政是历史上第一位酷爱"泡汤"的名人，为了治疗身上的疮疤，只要闲着没事，他就会到骊山下的汤泉里去泡一泡。到了唐代，唐玄宗还专门为爱泡汤泉的杨贵妃修建过一座汤泉宫。

汤泉的形成条件有两个：一是地壳内部的岩浆作用；二是水的渗透、循环。两个条件，缺一不可。中国是个"泡汤"历史极悠久的国家，国内有不少著名的汤泉圣地：有"友泉"之称的茹布查卡汤泉是稻城最温暖的梦；倚靠悬崖飞绝壁的赤壁汤泉从来都是猎奇者的最爱；和千奇百怪的钟乳石比邻而居的奇洞汤泉更是汤泉中的一大奇观。

科学图解·汤泉的诞生

汤泉是地球鬼斧神工的杰作。所有汤泉的热能都来自地球内部，确切地说是来自地幔的岩浆层。地幔岩浆层始终处于熔融状态，温度虽比地核低，但平均温度也有一两千摄氏度，而水，只要100摄氏度就能沸腾。只要地核

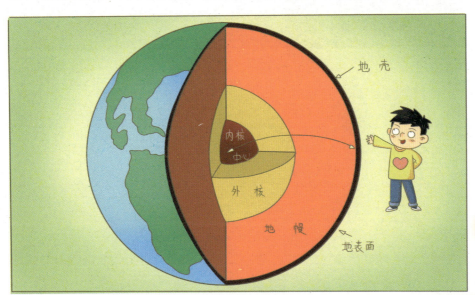

的热量不消失，岩浆层就会始终存在，汤泉就能终身享受岩浆的加热服务。

汤泉的水多半是地表下渗的雨水或者江河湖泊水。经过地幔多日游，重新回归地表，变成汤泉的水，水质会发生变化，水中有益的微生物、矿物质会增加，结构也会出现细微的变化。经常泡温泉，不仅能美容养颜、祛病除斑，还能有效地缓解衰老、延年益寿。

题大庾岭北驿

唐·宋之问

阳月①南飞雁，传闻至此回。

我行殊②未已③，何日复归来。

江静潮初落，林昏④瘴⑤不开。

明朝望乡⑥处⑦，应⑧见陇头⑨梅⑩。

注释

①阳月：指农历十月。②殊：还。③未已：没有结束。④昏：光线暗淡，昏暗。⑤瘴：瘴气。⑥望乡：遥望故乡。⑦处：地方，位置。⑧应：应该。⑨陇头：岭头。⑩梅：指大庾岭上栽种的各色梅花。

翻译

传说，农历十月南飞的大雁，飞到这里就会返回。

我的行程还没结束，还得继续向前；（不知道）什么时候才能再次归来。

江水澄净，潮水刚刚退去；山中密林，光线昏暗，瘴气浓得化不开。

以后我站在高处遥望故乡的时候，应该能看到大庾岭岭头盛放的梅花吧。

读诗词，学地理

　　《题大庾岭北驿》是唐代诗人宋之问写的一首五言律诗，诗风宛转，低回动人，全篇都在写流离漂泊之愁，却不着一个愁字，以情衬景，以景融情，构思非常巧妙。"雁归"与"人不归"的强烈对比，"潮初落""瘴不开"的凄凉暮色以及"望乡见梅"的遥想，相互映衬，更显情真。那么，小朋友们，你们对诗中这个"回雁见梅"的大庾岭又了解多少呢？

　　大庾岭是一座连绵的山脉，横跨江西、广东两省，是中国南方较具代表性的山脉之一。秦汉时，大庾岭就是南方的军事要塞；唐朝开元年间，丞相张九龄在大庾岭上劈山开道，建设关隘、驿站，还种植了数百里的梅树，每到冬天，岭上红梅、白梅次第盛放，花姿婀娜、清香沁远，大庾岭也就有了"梅岭"的盛誉。

　　大庾岭有双绝：一是梅，一是钨。"梅岭红梅"是南方最具

风韵的盛景；丰富至极的钨矿资源也为大庾岭赢得了"钨都"的美名。

大庾岭是南岭"五岭"之一，与骑田岭、越城岭、萌渚岭、都庞岭一起构成了名闻遐迩的南岭山系。我们常说的岭南地区，指的就是南岭以南的广大地域。古时候，岭南地区非常荒芜、贫瘠，属于"蛮夷之地"，只有流放的人才去那里。

南岭，或者确切地说，是南岭中的大庾岭，数千年来一直被认为是中国南北方的分界线，岭南为南，岭北为北，"大庾雁回"的故事流传极广，但事实上，大庾岭区分的并不是南北，而是珠江流域和长江流域，中国的热带气候区与亚热带气候区。

科学图解·秦岭—淮河分界线

大庾岭是南北方"文化"上的分界线；秦岭—淮河一线则是中国南北方"地理"上的实际分界线。

关于秦岭—淮河重要地理意义的论述，最早可追溯到 1908 年著名地理学家张相文的《新撰地理学》。

秦岭是横亘在中国中部的一条巨型山脉，东西绵延数百千米，山域广大，山势高耸，平均海拔超过 1500 米。它就像一堵"摩天巨墙"，既阻挡了从海洋吹向内陆的夏季风，也阻挡了从内陆吹向海洋的冬季风，让山脉两侧形成了截然相反的气候、人文、风俗、农耕环境。淮河恰好与秦岭处于同一经度线上，且方向一致，而且还在气候带的分割线上，所以秦岭—淮河一线就成了中国最重要的地理分界线。

望天门①山

唐·李白

天门中断②楚江③开④，

碧水东流至此⑤回⑥。

两岸青山相对出⑦，

孤帆一片日边来⑧。

注释

①天门：山名，在今安徽省芜湖市。②中断：从中间隔断。③楚江：指长江。④开：断开，劈开。⑤至此：到这里。⑥回：迂回，回转。⑦出：出现。⑧来：驶来。

翻译

一望无际的长江，将天门山从中间一分为二，分立长江两岸，这碧绿的江水浩浩荡荡地奔流至此，然后转向折回。

屹立在长江两岸的青山相对而望，那江面上的一叶孤舟看上去仿佛是从太阳那边驶过来的。

读诗词，学地理

李白是盛唐的"形象代言人"，写过许多"现象级"的诗篇，《望天门山》就是其中之一。全诗明丽晓畅、意境雄阔，既生动地写出了长江的浩浩

汤汤，又形象地描绘出了天门山的奇秀峻拔，融情于景，洋洋大气。尤其是"中断""开""至此回""相对出""日边来"等动词的运用，更堪称神工鬼斧、恰到好处。

而且，小朋友们，你们注意到了吗？李白这首诗不仅大气磅礴，还隐藏着一个地理谜题："两岸青山相对出"的美景究竟是怎样形成的？是神仙施的法术吗？当然不是！其实，这就是一种常见的流水侵蚀地貌，是流水侵蚀作用下形成的一种地貌。

中国流水侵蚀地貌最集聚，侵蚀作用最强烈的地区是黄土高原。黄土高原千沟万壑、迂回曲折的复杂地貌的形成，与流水侵蚀密切相关。

水，在很多人的印象中都是柔弱、无害的，但其实，水也有"凶残狠毒"的一面。滴水穿石大家都知道吧？一滴水，时时刻刻、月月年年不间断地滴下，能将最坚硬的石头滴穿。那溪流、江河、湖海呢？肯定更加厉害。

流水的侵蚀，主要指的就是流水对地表各种物体的冲刷和溶蚀。不同的侵蚀形式，会形成不同的侵蚀地貌。一般说来，流水侵蚀地貌可以分成四种类型：一种是流水溶蚀后形成的喀斯特地貌；一种是流水向侧面侵蚀形成的阶地、深谷；一种是流水溯源侵蚀形成的谷坡；一种是流水向下侵蚀形成的V形或者倒V形的河谷。天门山"青山相对"的盛景就是长江水经年累月地向下侵蚀形成的。

科学图解·侵蚀作用与侵蚀地貌

侵蚀作用是地理学中十分常见的一种作用，主要指风、冰、流水、海浪等通过冲刷、吹拂等运动改变岩石及其风化物的过程。

根据作用力的不同，侵蚀作用可以分为风蚀、海蚀、水蚀、冰蚀等各种不同的类型。中国西北地区大漠上各种或似古堡，或似蘑菇，或似塔林，或似龙虎的千奇百怪的岩石岩柱，其实就是风蚀作用的"杰作"。

多种多样的侵蚀作用，造就了多姿多彩的侵蚀地貌。

常见的冰蚀地貌有冰斗、刃脊、羊背石、冰川谷和角峰；常见的海蚀地貌有海蚀崖、海蚀柱、海蚀台地和海蚀洞穴；常见的水蚀地貌有 V 形谷、面状沟渠、下蚀河谷；等等。

侵蚀作用有利有弊。

侵蚀能够对地貌进行重塑，重塑后的地貌有的风光优美，有的奇诡壮丽，

有的具有极高的地理研究价值。但侵蚀的发生，也会带来许多不便与灾害，比如流水侵蚀作用下，黄土高原千沟万壑，水土流失极其严重，部分被侵蚀的山地还可能因为岩石破碎严重发生崩塌。

浪淘沙九首·其一

唐·刘禹锡

九曲①黄河万里②沙③，

浪淘④风簸⑤自⑥天涯⑦。

如今直上银河去，

同到牵牛织女家。

注释

①九曲：曲折多，形容地形、河流等迂回曲折。②万里：虚词，形容长度极长。③沙：泥沙。④浪淘：波浪淘洗。⑤簸：上下簸动。⑥自：来自，源自。⑦天涯：天边，形容极遥远的地方。

翻译

九曲黄河裹挟着大量泥沙，从遥远的地方奔腾咆哮而来，水波滔天。仿佛现在就要径自飞上那高高的银河，和我一起寻访牛郎与织女的家。

读诗词，学地理

刘禹锡是唐朝非常有名的大诗人、文学家，写过许多脍炙人口的文章和诗篇。他最擅长用生动的比喻来抒情言志。这首《浪淘沙九首·其一》就是通过赞美"直上银河"的黄河来赞美那些在"浪淘风簸"中不屈不挠、昂扬向上的人，立意十分新巧。而且在诗中，刘禹锡不仅向我们展示了黄河奔腾咆哮的壮丽，还默默地为我们介绍了一种叫"蛇曲"的奇妙地理景观。

蛇曲是什么？是名叫"曲"的蛇，还是蛇弯曲起来的样子？

都不是！蛇曲是一种地理景观，或者说是一个统称，像花猫、白猫、黑猫都统称为猫一样，蛇曲其实就是所有弯弯曲曲的河流的统称。"蛇曲"是小名，它的大名叫"弯曲型河流"。

在藏语中，"曲"不是动词，而是名词，意思是"河流"。"蛇"不是名词，是形容词，意思是"像蛇一样弯弯曲曲"。"蛇曲"指的就是"像蛇一样弯弯曲曲的河流"。

蛇曲的形成与流水的侵蚀作用有很大关系。蛇曲的形成，需要一个漫长的过程，最起码也要一两百年。蛇曲多形成于降水丰沛、水流量比较大、气候相对湿润的地域。荒漠、戈壁地带是形成不了蛇曲的。

能够被称为蛇曲的河流，都非常有个性。它们流动的时候，从来都不走

直线，而是像蛇一样，左右摆动。中国的蛇曲景观有不少，最闻名遐迩的就是黄河，据统计，黄河上中游地区，大大小小的弯道已经超过了 1000 处。

科学图解·蛇曲的形成

蛇曲是一种比较常见的河流景观。

蛇曲的形成与流水的侵蚀作用及堆积作用直接相关。从高处流向低处的河流，在进入平坦开阔的地区后会彻底"放飞自我"，左左右右、右右左左地不断摆动，把河流的一侧撞得内凹。撞击的时间长了，凹口越来越大，河道越来越弯，就成了蛇曲。

除了常见的普通蛇曲外，蛇曲家族还有两个特立独行的成员：牛轭湖与嵌入式蛇曲。

牛轭湖是普通蛇曲被截弯取直后形成的。中国有不少牛轭湖，其中较著名的就是鄱阳湖、洞庭湖和洪泽湖。

　　普通的蛇曲是平行流动、左右摇摆的。嵌入式蛇曲不一样，它是向下流动、前后摇摆的。换句话说，它就是普通蛇曲的"垂直版"。中国最壮观的嵌入式蛇曲有两处：一处是黄河晋陕峡谷的 S 形弯道；一处是长江上游的"通天河"。

游山西村

宋·陆游

莫笑①农家腊酒②浑③，丰年④留客足⑤鸡豚⑥。

山重水复⑦疑⑧无路，柳暗花明⑨又一村。

箫鼓⑩追随春社⑪近，衣冠简朴古风存。

从今若许⑫闲乘月，拄杖无时⑬夜叩门。

注释

①莫笑：不要嘲笑。②腊酒：腊月酿的酒。③浑：浑浊。④丰年：丰收的年景。⑤足：足够。⑥鸡豚：代指丰盛的饭菜。⑦山重水复：山水回环，重重叠叠。⑧疑：怀疑。⑨柳暗花明：柳色深暗，繁花明艳。⑩箫鼓：吹箫击鼓。⑪春社：古时祭拜社公的一种集会，集会时间是立春后第五个戊日。⑫若许：像这样。⑬无时：随时。

翻译

不要嘲笑农家腊酒浑浊，丰收的年景，农家待客菜肴也足够丰盛。

山水回环、重重叠叠，正怀疑前方已经无路，忽然看到又一村落出现在绿柳繁花后。

春社日临近，吹箫击鼓的声音处处可闻，衣着朴素的乡民依旧沿袭着古时的风俗。

如果今后还能像这样乘着夜色外出闲游，我随时都可能在夜间拄着拐杖轻叩你的家门。

读诗词，学地理

陆游是南宋爱国诗人。他的诗一向是沉郁、凄婉、悲怆的，这首《游山西村》却不一样，既朴实无华，又清新简淡，字里行间都充溢着暖融融的气息。"闲乘月""夜叩门"悠闲惬意，"春社近""古风存"淳朴欢快，"山重水复""柳暗花明"更将南方山间丘陵重叠曲迂的地貌特征描绘得淋漓尽致。

丘陵是世界五大陆地地形之一，分布非常广泛，在世界大多数国家和地区都有分布。因为成因、气候、环境等因素的影响，丘陵的形态特征差异很大，有的切割破碎，有的又矮又平，有的山环水绕、地形极其复杂，就像是

个永远都走不出的庞大迷宫。这种处在山间的迷宫式的丘陵，叫作"山间丘陵"。"山西村"就是山间丘陵中一个民风淳朴的小村落。

世界上最大的丘陵是位于东亚哈萨克斯坦境内的哈萨克丘陵，丘陵总面积高达55万平方千米。

山间丘陵，原本并不是丘陵，而是山。只是连绵的群山中，总有那么几座或者十几座霉运爆棚。经过数百、数千，甚至数万年的风摧雨残、日晒水

蚀后，这些山渐渐地风化、崩解、坍塌，不断变矮、变瘦，最后就变成了丘陵，只能泪眼汪汪地仰望依旧高大挺拔的旧日同伴。

中国是个丘陵广布的国家，丘陵总面积有100万平方千米左右，占国土总面积的1/10。这些丘陵，有的是山间丘陵，有的不是，但颜值都很高，而且各有各的风情。黄土丘陵苍莽粗犷；东南丘陵清秀隽丽；川中丘陵绿柳桃红，仿佛世外桃源；"山西村"所在的江南丘陵则精致淑雅、气质独特，充满了婉约柔美的气息。

科学图解·丘陵

丘陵是一种地貌形态。

绝大多数丘陵都是由起伏和缓、连绵不断、绝对高度不超过500米的坡地和低矮山丘组成的，地形大多破碎、复杂，切割面多，没有明显的走向与脉络，起伏不定，崎岖难平。

丘陵的类型很丰富。按照成因的不同，可以分成火山丘陵、冰川丘陵、构造丘陵、风化丘陵、堆积丘陵；按照地理位置的不同，可以分成山间丘陵、山前丘陵、海洋丘陵；等等。

　　丘陵大多位于高原山地到平原的过渡地带，自然地理条件相对优越，不仅矿藏丰富，而且水土条件好，非常适合茶、柑橘、荔枝、龙眼、油桐等经济林木的生长。

早发白帝城

唐·李白

朝①辞②白帝③彩云间，

千里江陵一日④还⑤。

两岸猿声啼⑥不住⑦，

轻舟⑧已过万重山⑨。

注释

①朝：清晨。②辞：辞别，离开。③白帝：白帝城。④一日：一天。⑤还：返回，回归。⑥啼：啼鸣。⑦不住：不停。⑧轻舟：轻快的小船。⑨万重山：层层叠叠的山峦。

翻译

清晨，辞别仿佛耸立在彩云之间的白帝城；
只需一日就能返回千里之外的江陵。
长江两岸，猿猴的啼鸣声不停地响起；
不知不觉，小舟已经穿过了无数重叠的山峦。

读诗词，学地理

　　每一首诗都是一面镜子，映照着诗人的悲欢离合、喜怒哀乐。写这首诗时，李白的心情一定是极欢快的。瞧，他描绘的画面多明媚呀：暖暖的朝阳、团团的彩云、浩荡湍急的江水、轻快的小舟、重重叠叠的群山、此起彼伏的猿声，稍微想想，就已经令人心驰神往。而且，李白说"千里江陵一日还"并不是夸张，而是写实！这一切，还得从长江三峡慢慢说起。

　　三峡是长江流域最重要、最具传奇色彩的一片水域，由瞿塘峡、巫峡、

西陵峡三部分构成。西起重庆奉节白帝城，东到湖北宜昌南津关，全长 193 千米。两岸奇峰林立、山水峭拔，风光十分优美。

三峡是长江最耀眼的地理符号与文化符号。第 5 套人民币 10 元纸币的背面印的就是三峡的著名景点"夔门"。

三峡中的瞿塘峡，也就是白帝城所在的地方，全长只有 8 千米，却以雄险著称，幽深狭窄，水深流湍，落差极大，长江水从此一泻而下，惊心动魄。船只顺流而下，既像是滑滑梯，又像是加了个火箭助推器，不费吹灰之力就能驶出很远。

另外，巫峡、西陵峡水域，地势也是由西向东不断倾斜降低的，有的地段海拔下降幅度还不小，每一个有落差的节点，都像是充能站，可以给前行的船只提供无限的动力。李白要去的江陵，也就是湖北的荆州，距离白帝城大概 330 千米，船顺流而下，1 小时能走 20 千米，16 个小时多点就能到。所以，爱夸张的李白这次真没太夸张，确实是"千里江陵一日还"哦。

科学图解·落差与水能

因为河床的高低变化，江河湖泊的水位会产生一定的差数，这种差数叫落差。

在地球重力的作用下，有落差的水流会产生一种势能，这种势能是极重要的水能资源。水的落差越大，水流速度越急，产生的势能就越多。

水能资源是一种绿色、清洁、无污染、可再生的优质能源，不仅可以用来发电，还可以用在环保、航运、工业生产等各个领域。

中国国内水能最丰富的就是长江与黄河，其中长江上就有三座超大型的水电站，分别是三峡水电站、葛洲坝水电站和乌江渡水电站。

夜雨寄北

唐·李商隐

君①问归期未有②期③，

巴山④夜雨涨⑤秋池⑥。

何当⑦共⑧剪西窗烛，

却话⑨巴山夜雨时。

注释

①君：古代对男子的尊称，相当于"您"。②未有：没有。③期：日期，日子。④巴山：指大巴山脉。⑤涨：涨满。⑥秋池：秋日的池塘。⑦何当：什么时候。⑧共：一起。⑨却话：回头说，再说，再叙述，追忆。

翻译

您问我什么时候回家，我也不确定；

夜深了，巴山现在正下着雨，雨水涨满了秋日的池塘。

等我们一起在西窗下剪烛夜谈的时候，

我再和您说说巴山秋夜下雨的情景。

读诗词，学地理

　　《夜雨寄北》是晚唐著名诗人李商隐写的一首七言小诗。全诗语言清致、情思深婉，首句以"问"起势，后三句以"巴山夜雨"引出独在异乡的凄凉和归期不定的惆怅，情与景融、景与情合、虚实相生，构思十分巧妙。那么，小朋友们，你们知道巴山为什么这么爱下雨吗？不知道吧。别急，咱们慢慢说。

　　首先，咱们先来介绍介绍巴山。

巴山是一条东西连绵500多千米，横跨陕西、湖北、四川三省的山脉，不仅是汉江和嘉陵江的分界线，也是汉中盆地和四川盆地的分界线。换句话说，巴山山脉中有一部分山是位于四川盆地内的。

四川盆地风光秀美，闻名遐迩的巴山夜雨、峨眉佛光、牛背山云海都是四川盆地亮丽的地标。

四川盆地，地势非常低洼，四周高山环绕，多云雾，大气环流不畅，近地面空气温度高，湿度也高。夜晚，盆地中气温下降，高处的冷空气下沉，近地面湿热的暖空气只能不得不向上爬升。

我们都知道，海拔越高，温度越低，海拔每升高100米，气温会下降0.6摄氏度。暖空气爬升到一定高度时，内部的水汽会渐渐凝结，大量水汽凝结会形成雨云，最终形成降雨。所以，"夜雨"在巴山真的是一种很常见的气候现象。

科学图解·盆地

　　盆地是一种地貌形态，中间平坦低洼，四周高耸峭拔，从空中看去，就像是个超大号的盆，所以被称为盆地。

　　盆地自然地理条件得天独厚，生物资源、自然资源、矿产资源、油气资源都非常丰富。我国许多著名的油田都在盆地里。盆地，可以说是天然的聚宝盆。

　　中国大大小小的盆地有很多，著名的有四个：柴达木盆地、塔里木盆地、四川盆地和准噶尔盆地。柴达木盆地湖泊遍布，准噶尔盆地神秘莫测，塔里木盆地有一座充满神秘色彩的罗布泊，四川盆地最讨人喜欢的肯定是大熊猫和火锅。

将进酒

唐·李白

君不见黄河之水天上①来，奔流到海不复回。

君不见高堂明镜悲②白发，朝如青丝③暮成雪。

人生得意④须尽欢，莫使金樽⑤空对月。

天生我材必有用，千金散尽还复来。

烹羊宰牛且为乐，会须⑥一饮三百杯。

岑夫子⑦，丹丘生⑧，将进酒⑨，杯莫停。

与君歌一曲，请君为我倾耳听。

钟鼓馔玉不足⑩贵，但愿长醉不复醒。

古来圣贤皆寂寞，惟有饮者留其名。

陈王⑪昔时宴平乐，斗酒十千恣欢谑。

主人何为言少钱，径须沽取对君酌。

五花马，千金裘，呼儿⑫将出换美酒，与尔⑬同销⑭万古愁。

注释

①天上：黄河的源头青藏高原，地势非常高，相比于地势低的地方，就像天上，所以用"天上"来代指。②悲：悲伤。③青丝：柔软的黑发。④得意：适意，高兴。⑤樽：酒樽，古时盛酒的器皿。⑥会须：正应该。⑦岑夫子：指岑勋。⑧丹丘生：指元丹丘。⑨将进酒：请喝酒。⑩钟鼓：宴饮时奏乐的乐器；馔玉：形容食物精美；不足：算不上。⑪陈王：指曹植。⑫呼：呼唤。⑬尔：你。⑭销：消灭，消除。

翻译

你难道没看见，黄河之水从天上滚滚而下，奔流到海，再不回还。

你难道没看见，正堂那面明镜映照出的苍苍白发，清晨还发黑如墨，傍晚已白发满头。

人这一辈子，适意、高兴的时候就要快意纵情，别端着没有酒的空杯独对明月。

上天赋予我的才能一定会有用到的地方，千两黄金花完了还能再获得。

赶紧宰杀牛羊，暂且尽情享乐，正应该一口气喝上三百杯。

岑勋，元丹丘，请喝酒，不要停杯。

我为各位高歌一曲，请各位侧耳细听。

精细的美食、悠悠的弦乐算不上珍贵，我愿意沉醉酒中，不再醒来。

古时候的圣人贤者都是孤独的，只有擅饮的人留下了美名。

当年曹植在平乐摆酒设宴，一斗美酒就价值万钱，酒客们开怀畅饮。

您为什么说钱不够了呢，直接取出来去打酒，我陪着您一起喝。

名马也好，价值千金的裘衣也好，都让侍儿取出来换酒去，你我共饮，同消万古的愁绪。

读诗词，学地理

　　《将进酒》是诗仙李白与好友在黄河畔饮酒欢聚时作的一首歌行诗。全诗章法错落、情思动荡，以"黄河"起兴，以"尽欢"唱叹，字里行间充满了豁然的豪情与狂放的想象，笔墨酣畅，大开大合，不仅淋漓地绘出了纵酒欢歌的畅然适意，还巧妙地引出了一个困扰古人良久的地理小难题：黄河之水何处来？

李白觉得,那滚滚的黄河水大概是从天上来的吧,人间不可能有这样汹涌澎湃的水流。但他错了。黄河之水,一直都在"人间",它的源头在青藏高原,确切地说,是在青藏高原巴颜喀拉山北麓的约古宗列盆地。

黄河的正源究竟在哪里,学术界争论颇多,观点不一。有部分学者认为,黄河的正源是青藏高原的卡日曲河谷,也有部分学者认为是约古宗列盆地。

约古宗列盆地海拔约 4500 米,呈椭圆形。盆地内河网纵横,大大小小的湖泊有一百多个。其中就包括高山冰雪融水汇流形成的"星宿海"。星宿海是个大湖,在星宿海附近,约古宗列与黄河的另外两个源头扎曲和卡日曲会师,形成了黄河上游最初的干流玛曲。

相对于中国的其他地区,平均海拔在 4000 米左右的青藏高原实在是太高了,在交通并不发达的古代,登上青藏高原的难度和登天也没什么区别,所以,李白说"黄河之水天上来",还是比较形象的。

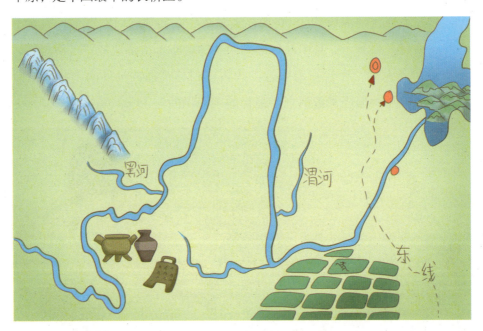

科学图解·黄河

黄河是中国第二长河，全长 5464 千米，支流密布，河网纵横，上中下游共有 11 个主河段、13 条主支流，流域面积近 80 万平方千米。

黄河是世界上含沙量最多的长河，下游泥沙淤积严重，庞大的黄河冲积平原，是中国最早的农耕区。

黄河是中华民族的母亲河，也是中华民族的"根"之所在，孕育了无数光辉灿烂的文明，也成就了中华民族坚毅、勤劳、质朴、善良的品质。

黄河横贯东西，流经北方九省（自治区），声势浩大，水能资源和物产都极丰富。但因为一些原因，黄河流域水土流失情况很严，甚至数次出现过断流的情况，所以，在合理开发的同时也需要对它进行综合的治理和保护。

凉州词二首·其一

唐·王之涣

黄河远①上白云间，

一片孤城②万仞③山。

羌笛④何须⑤怨⑥杨柳⑦，

春风不度⑧玉门关。

注释

①远：远远地。②孤城：代指戍边的堡垒。③仞：古代的长度单位，1仞＝8尺，1尺≈23厘米。④羌笛：羌族的一种横吹式管乐器，笛声苍凉。⑤何须：何必。⑥怨：埋怨。⑦杨柳：指《折杨柳》曲。⑧不度：吹不到。

翻译

远远地望去，奔涌的黄河水似乎已流入白云之间。

高峻雄奇的山峦之间，一座戍边的堡垒孤独地耸立着。

何必用吹奏笛曲《折杨柳》的方式来埋怨那久久不至的春光呢？

春风本来就吹不到玉门关呀！

读诗词，学地理

　　盛唐时期有许多著名的边塞诗人，王之涣就是其中之一。《凉州词二首·其一》是他的代表作。全诗语境苍凉、情思蕴藉，不仅通过黄河、孤城、羌笛、玉门关等意象营造出了一幅壮丽凄美的边关风景图，还即景抒情，用"春风不度"的现实景象写尽了边关将士有家难归、有乡难回的怨与悲，立意十分新颖。

说到这里，小朋友们肯定会想，如果春风吹过了玉门关，将士们是不是就可以回家了？很遗憾地告诉你们，不是！而且，春风是永远都吹不过玉门关的，不是它不愿意，而是它无能为力！

为什么呢？因为王之涣诗里的"春风"，并不是春日的风、春天的风，而是季风，确切地说是夏季风。

季风本质上是相邻的海洋与陆地之间的一种大气环流，分为冬季风和夏季风两种。不同的季节，季风的强度、风向各有不同。

在我们中国，夏季的时候吹的是东南季风。东南季风的家在太平洋上，每年夏季都要到中国大陆旅游，从南到北，到处溜达。等溜达到玉门关附近时，夏季风已经累坏了。玉门关前面，又有很多大山挡着，想要去玉门关，就必须翻山。那山太高了，夏季风根本就翻不过去，没办法，只能调头往回走。所以，就有了所谓的"春风不度玉门关"。

科学图解·季风区和非季风区

季风的风向是随着季节的变化而变化的。

一般，我们把夏季风能够吹到的地方称为季风区；吹不到的地方称为非季风区。

季风区主要分布在大陆的东部和南部。亚洲是世界上最大的季风区，尤其是东亚和南亚，季风气候最显著。另外，澳大利亚东南部、美国东南部和南美洲东南部也属于季风区。

位于亚欧大陆东岸和太平洋西岸的中国是世界上最大也是最显著的季风气候区，受季风的影响，夏季炎热多雨，冬季寒冷干燥，气温年较差极大。

大兴安岭—阴山—贺兰山—巴颜喀拉山—冈底斯山一线是中国季风区和非季风区的分界线。

白雪歌送武判官归京

唐 · 岑参

北风卷①地白草②折③，胡④天八月即飞雪。

忽如一夜春风来，千树万树梨花开。

卷入珠帘⑤湿⑥罗幕⑦，狐裘不暖锦衾薄。

将军角弓不得控，都护铁衣冷难着。

瀚海⑧阑干⑨百丈冰，愁云惨淡万里凝。

中军置酒⑩饮⑪归客，胡琴琵琶与羌笛。

纷纷暮雪下辕门，风掣⑫红旗冻不翻。

轮台东门送君去，去时雪满天山路。

山回路转不见君，雪上空留马行处。

注释

①卷：席卷。②白草：一种牧草，秋天草叶会变成白色。③折：折断。④胡：我国古代对北方各民族的通称，此处代指北方边塞。⑤珠帘：珍珠串成的帘子。⑥湿：打湿。⑦罗幕：用绫罗做的帷幕。⑧瀚海：代

指沙漠。⑨阑干：形容纵横交错的样子。⑩置酒：置办酒席。⑪饮：宴饮。⑫掣：拉扯，拽。

翻译

北风席卷大地，白草被吹折；北方边塞，八月就开始下雪了。

好像忽然刮了一夜春风，千万株梨树上，梨花朵朵绽放。

雪花飞入珠帘，打湿了绫罗做的帷幕；穿上狐裘、盖上锦被仍觉得寒冷。

将军拉不开兽角做的弓弩，都护穿不住冰冷的铠甲。

大漠上冰层纵横交错，浓厚的阴云布满万里长空。

在帅帐中置办酒席，为即将回京的人送行；胡琴、羌笛、琵琶纷纷奏响。

日暮时分，辕门外纷纷扬扬下起了大雪；风拉扯着被冻住的红旗，红旗纹丝不动。

在轮台的东门送您离开，您离开时厚厚的雪花覆盖了天山上大大小小的路径。

山路迂回，早就看不到您的身影；雪地上，只留下一行浅浅的马蹄印。

读诗词，学地理

　　岑参是唐代诗词界的"超级网红"，最擅长写边塞诗，这首《白雪歌送武判官归京》是他的代表作。诗的主题虽然是送别，但气势磅礴、雄壮瑰丽，不仅不伤感，还充满了昂扬奋发的气息。而且，岑参送别友人的时间是八月，正是盛夏，轮台地区居然已经"雪满天山路"了。你和你的小伙伴惊呆了没有？这是怎么回事？咱们慢慢说。

　　首先，先说说轮台这个地方。轮台是新疆巴音郭楞蒙古自治州辖下的一个小县城，位于天山南麓，塔里木盆地北端，自古至今都是边疆重镇，同时也是中国最典型的温带大陆性气候区。

　　亚洲是世界上温带大陆性气候分布最广的地区，纵深度大，内陆气候变化剧烈，年温差较大，最低气温能够达到零下73摄氏度。

温带大陆性气候，是温带地区分布最广泛的一种气候类型，包括温带草原气候、温带沙漠气候、温带落叶阔叶林气候和亚寒带针叶林气候四种类型。大陆性气候区四季分明，气温年较差极大，夏季炎热少雨，冬季寒冷漫长，下雪的时间也比其他地区要早一些。

唐代时，人们使用的历法还不是公历，而是农历，岑参所说的"胡天八月"，指的也是农历的八月。农历八月，换算成公历，大概是十月初，也就是国庆节前后。轮台这个地方，十月基本已经入冬了，下雪就是"基本操作"，很正常。

科学图解·温带大陆性气候

　　温带大陆性气候是世界气候图谱中最常见的一种气候，主要分布在南北纬 40~60 度之间的内陆地区，也就是亚欧大陆、北美大陆的内陆和南美大陆的南部地区。

　　温带大陆性气候可以分成四种亚气候类型，不同的类型有不同的植被。温带沙漠气候区风沙连天，温带草原气候区碧草茵茵、草原广阔，落叶阔叶林区和针叶林区气温较低、森林广布。

　　温带大陆性气候是所有气候类型中变化最分明、大陆性特征最强的一种。

　　它的主要特征是：昼夜温差大，月温差和年温差也大，夏季炎热、冬季酷寒，全年干燥少雨，四季分明。

　　中国北部，尤其是西北部的省份，内蒙古、青海、甘肃、新疆、宁夏等，多半都属于温带大陆性气候区。因为日温差大，"早穿皮袄午穿纱，围着火炉吃西瓜"几乎成了这些省份人们的生活常态。而且因为温差大，有利于糖分的积累，大陆性气候区的瓜果都特别甜，新疆的哈密瓜、葡萄更是闻名海内外。

秋 怀

宋·陆游

园丁傍①架②摘黄瓜，

村女沿③篱④采⑤碧花⑥。

城市尚⑦余⑧三伏⑨热，

秋光⑩先到野人⑪家。

注释

①傍：依傍，靠着。②架：架子。③沿：沿着，顺着。④篱：篱笆。⑤采：采摘。⑥碧花：碧绿的花朵。⑦尚：尚且。⑧余：余留，残余。⑨三伏：指一年中最热的初伏、中伏和末伏。一伏为十天（部分年份中伏为二十天）。⑩秋光：秋日的风光。⑪野人：乡野的居民。

翻译

乡人靠着架子摘黄瓜；

姑娘沿着篱笆采摘碧绿的鲜花。

城市里三伏的暑热还没有全部散去；

乡野人家就已经提前领略了秋日的风光。

读诗词，学地理

　　初秋时节，暑热炎炎，待在城市里，没有空调、没有电扇，人热得快要发疯了怎么办？简单！像宋代大诗人陆游在诗中描述的那样，去乡下避暑啊！乡下是个好地方，有瓜，有果，花儿香，"摘黄瓜""采碧花"，其乐融融。凉风一吹，更添几分惬意，一向内敛的陆游都忍不住发出了"秋光先到野人家"的感叹。那么，小朋友们，你们知道秋光为什么"先到野人家"吗？

　　因为陆游是个大魔法师，在乡下施了清凉魔法？不，不！因为乡下隐藏着一个纯天然的特大号空调？不，不！

　　亲爱的小朋友们，你们肯定想不到，其实啊，这一切的一切，都是"热岛效应"造成的。

　　热岛效应有两种，一种是城市热岛，一种是青藏高原热岛。青藏高原热岛的发现者是近代地理学的代表人物之一、德国著名地理学家洪堡。

　　热岛效应是一种气候小范围变化的现象。最明显的特征就是某一地区的气温显著高于周围其他地区。热岛效应一般发生在建筑和人口比较密集的城市，城市建筑密度越大、人口越多，产生热岛效应的概率就越大。

热岛效应的形成是个极复杂的过程。造成"城市热岛效应"的原因有很多，如空气湿度、人流量、建筑密度、城市绿化度、城市污染程度、光照强度和长短等。陆游是南宋诗人，他生活的时代人们生活其实很悠闲，主要就是种种地、养养花，工业并不发达，没什么污染。城市里人口多、房屋多、空气流通不畅，比乡下热一些，最多也就算个小热岛。不像现在，污染重、建筑密集，很多城市夏天时简直就是个烧开的大火炉。

科学图解·热岛效应溯源

热岛效应不像洪水、火山喷发那样属于天灾，而是人祸。城市热岛效应的形成，与人类的生产、生活活动密切相关。

城市内建筑高大、密集，人口流量大，下垫面热容量大，释放的热量本来就多，又因为各种工业生产活动排放了大量污染气体，这些污染气体就像是一个大锅盖，把下垫面释放的热量全都"闷"在了城市这个"大锅"里。久而久之，城市的温度自然就要比乡村高很多。

热岛效应不仅能让城市升温，还会让城市的环境污染加剧，有百害而无一利。

一年 365 天，城市中天天都有可能发生热岛效应，但一般来说，夏季时热岛发生的概率要更高一些、强度也要更强一些。

要缓解城市热岛效应，最有效的方法有三个：减少污染气体的排放；进行更科学合理的城市规划，降低建筑密度，加大城市可扩展空间；植树造林，增加城市绿化覆盖率。

约 客

宋·赵师秀

黄梅时节①家家雨，

青草池塘处处②蛙。

有约③不来过夜半，

闲④敲棋子落灯花。

①黄梅时节：梅子黄熟的时节，指江南夏初。②处处：到处。③有约：邀约友人。④闲：清闲，无聊。

翻译

江南梅子黄熟的时节，家家户户全被雨水笼罩；

青草丛生的池塘边，处处都能听到蛙鸣。

午夜已过，邀约的友人还是没来；

闲极无聊的我轻轻敲打棋子，然后看着灯花一朵一朵地落下。

读诗词，学地理

　　滴答，滴答，下雨了。小青蛙说，下吧，下吧，我要歌唱。牵牛花说，下吧，下吧，我要开花。赵师秀说，下吧，下吧，我要作诗。写这首《约客》时，南宋诗人赵师秀心情大概很复杂，又欢喜，又懊恼。欢喜的是，青草池塘，梅子黄熟，初夏风光正好。懊恼的是，绵绵的雨耽误了早已约好的朋友的脚步，让赵师秀只能苦等。那么，什么是梅雨呢？

　　梅雨是一种雨连绵持续的气候现象。因为这种现象常常出现在江南梅子黄熟的时候，所以，古人就给它取了个诗意的名字：梅雨。

　　1954年，长江中下游地区出现了"超长梅雨"，从6月初到8月初，连续两个多月的时间一直阴雨连绵，降水量超过2000毫米，造成长江流域多数地区洪水泛滥、损失惨重。

　　梅雨是个比较孤僻的小孩，不喜欢四处溜达，只在中国长江中下游地区、中国台湾地区、韩国南部地区和日本中南部地区玩耍，从没离开过亚洲，甚至没离开过东亚。

　　梅雨时间观念很强，每年都是 6 月中旬出门，玩耍二三十天，7 月中上旬就准时回家，很少迟到或早退。当然，如果"作业"比较多，多到梅雨写不完，实在没心情出去玩，也会发生"空梅"现象，此时，本该进入梅雨季的江南地区会变得格外晴暖。

科学图解·冷锋、暖锋、梅雨

梅雨，准确来说，是一种准静止锋形成的锋面雨。

一般来说，锋面可以分成冷锋、暖锋、准静止锋三种形式。冷空气与暖空气相遇会形成锋面，冷空气占主导的锋面叫冷锋；暖空气主导的锋面叫暖锋；冷空气与暖空气相持不下则会形成准静止锋。因为冷暖空气势力相当、互不相让，就会造成阴雨连绵的梅雨天气。

梅雨持续的时间长、雨量大，有时候梅雨季节还会出现连续的暴雨天气，极易引发洪涝灾害。而且，梅雨天，天气异常潮湿，衣服、家具、房屋会发潮发霉。长期见不到太阳，植物的生长会受到影响，人也容易生病。所以，梅雨天一直以来都不是那么讨人喜欢，甚至有人将梅雨戏称为"霉雨"。

春夜喜雨

唐·杜甫

好雨知^①时节，当春乃^②发生^③。

随风潜^④入夜，润^⑤物细无声。

野径^⑥云俱^⑦黑，江船火^⑧独^⑨明。

晓^⑩看红湿^⑪处，花重^⑫锦官城^⑬。

注释

①知：懂得，知晓，知道。②乃：于是，就。③发生：萌发，生长。④潜：悄悄地，暗暗地。⑤润：滋润，润泽。⑥野径：田间的小路。⑦俱：全，都。⑧火：渔火。⑨独：独自，唯独。⑩晓：拂晓。⑪红湿：被雨水打湿的花丛。⑫重：沉重。⑬锦官城：成都的别称。

翻译

这雨多好呀，仿佛知道时节，恰好在万物萌发的春天降临。
它随着春风悄悄地在夜色中落下，无声地滋润着万物。
田间的小路黑茫茫的一片，只有江上的渔船独自亮着灯火。

拂晓时分去看看被雨水打湿了的花丛，朵朵鲜润饱满的花儿，在锦官城中悠然绽放。

读诗词，学地理

多么浪漫清新的一首五言律诗啊！诗圣杜甫写这首诗时，整个人高兴得都要飞起来了。于是，黑沉夜色下，斜斜微风中，那细密的雨丝，在他眼中竟变得鲜活明媚了起来。你瞧，"知时节""潜入夜""细无声"，杜甫对雨的描摹多细致、多全面，可见他是真的很喜欢春雨。那么，小朋友们，你们知道春雨为什么这么讨人喜欢吗？

首先，春雨很柔和。无论南方还是北方，春季都很少下大雨或暴雨，春雨大多细细的、密密的、凉凉的，不会惹人讨厌。而且，漫步雨中，真的是件很浪漫的事情。其次，春雨不黏缠，最多下一日就不下了，基本上不会出现阴雨连绵的情况。再者，春天是播种的重要时节，细细的春雨能滋润土地，让种子顺利萌发、生长。

　　春雨是古诗中非常常见的一种意象，描绘春雨的名句有许多。如"天街小雨润如酥，草色遥看近却无""沾衣欲湿杏花雨，吹面不寒杨柳风""一夕轻雷落万丝，霁光浮瓦碧参差"等。

怎么样？我这么一说，你们是不是也觉得春雨非常讨喜了？难道它真的像杜甫诗中说的那样"知时节"？当然不是！春雨的细密绵柔，说到底，其实只是一种正常的自然现象，是春季气温回升却不炎热，是这种凉爽温和的气候条件决定的。

俗话说，一方水土一方人，同样的，春夏秋冬不同的季节，气候条件不同，降水肯定也会有所差异。春季，温度相对较低，气候也比较干燥。温度

低，蒸腾作用就不强烈，水分蒸发得少，空气中的水蒸气就少，水蒸气少，雨量当然就小，下不大也下不长。

科学图解·水循环

水循环是地球上各种各样的水体在陆地、海洋、大气中以固态、液态、气态等不同的形式往复循环的过程。

降水是水循环中至关重要的环节。春季的雨、冬季的雪、极端气候条件下的冰雹都是降水的一种。

降水时，一部分水流入江河湖海，成为地表径流；一部分水渗入地下，成为地下水。而地表径流和地下水在太阳的辐射下，会发生蒸腾，从液态的水变成水蒸气。水蒸气随着近地面的上升气流不断向上，遇冷后凝结，凝结到一定程度后以降水的形式再次降落。如此，降落、渗透、蒸发、凝结、再降落，就形成了一个完整的水循环。

竹枝词

唐·刘禹锡

杨柳青青①江水平②，

闻③郎④江上唱歌声。

东边日出西边雨，

道⑤是无晴还有晴。

注释

①青青：形容树木青翠茂盛的样子。②平：平静，澄平。③闻：听到。④郎：古时对男子的一种称呼。⑤道：述说，叙说。

翻译

江畔杨柳青翠，江上水面澄平，不见风浪；
心中思恋的情郎的歌声从江面传来。
东边阳光灿烂，西边正在下雨；
说它不是晴天吧，它又是晴天。

读诗词，学地理

诗是最美丽的歌，歌是最流利的诗，很久以前，诗与歌就结下了不解之缘。不信，你瞧，唐代大诗人刘禹锡以民歌为蓝本改编的这首《竹枝词》多美呀！既写出了江畔柳色青青、江上波澜不惊的静美，又借天上晴雨的变幻，形象地描摹出了恋爱中的女孩面对郎君时忐忑复杂的心态，"晴"与"情"一语双关、相得益彰，用法之妙，

令人赞叹。

而且，小朋友们，"东边日出西边雨"这种天气可不是刘禹锡想象出来的，而是他亲眼所见、亲耳所闻。刚开始的时候，刘禹锡以为这是神仙使的法术，询问了一位气象地理学家之后才知道，一切都是积雨云的杰作。

积雨云是最常见的积状云。除了积雨云，积状云家族中还有三个常驻成员：浓积云、淡积云和碎积云。

积雨云，又叫雷暴云，顾名思义，是一种充满了水汽的云团。

积雨云云层很厚、很浓密，体形也相对庞大，巨型的积雨云，远远望去，就像一座耸立在空中的高山，非常磅礴壮观。

所有的积雨云都是"苗条协会"的忠实会员，只长个儿，不长胖，全都纵向发育。积雨云可以无限高、无限厚，却绝不"发福"。一团积雨云，面积最大不超过20平方千米，最小的甚至只有百十米。所谓"一片云彩一片雨"，没有云的地方不会下雨，积雨云这么"瘦"，雨区当然也小得可怜，这种情况下，出现"东边日出西边雨"的情况也就没什么好奇怪的了。

科学图解·对流现象与积雨云

积雨云是一种季节性的云彩，常常出现在夏季，冬季极少出现。

夏季，尤其是盛夏，烈日炎炎，白天，地表温度急剧升高，近地面的空气受热膨胀变轻，迅速抬升，半空温度相对较低的冷空气随之下沉，一升一降，形成强烈的对流。地表空气中旺盛的水蒸气会随着上升气流一起上升，在半空集聚，凝结成云，这就是积雨云。积雨云达到一定规模后，云中的雨滴纷纷下落，就形成了对流雨。

积雨云不喜欢水平伸展，却喜欢垂直运动，所以，它很高、很浓、很厚，却不大，雨区非常狭窄。日常生活中常见的积雨云有砧状、秃状、鬃状三种。砧状的积雨云像砧子，秃状的像洋白菜，鬃状的像竖起的马鬃，形状都非常独特，很好辨认。

积雨云形成时，空气的对流运动非常剧烈，因此，常常会伴有短时大风、强降雨等强对流天气。如果对流极度剧烈，还可能引发雷暴、狂风、龙卷风、冰雹等极端气象。

　　积雨云带来的极端天气，会给人类的生产、生活带来一定的不便，但这种情况毕竟很少。

　　多数情况下，积雨云带来的降水都是适量的、有益的，而且积雨云本身也是一种非常迷人的景观。在热带和亚热带地区，积雨云高度甚至能超过一万米，直逼两万米。